Nanofictions

ISBN : 978-2-0813-9003-4

Patrick Baud

Nanofictions

Illustrations de Yohan Sacré

Flammarion

Préface

C'est l'histoire d'un écrivain jivaro qui voulait réduire non pas les têtes, mais les textes. À force, il avait fini par s'apercevoir que l'art parfait du conteur d'histoires pouvait s'exprimer sur 280 caractères. Alors il inventa un nouveau format, et le nomma « Nanofiction ».

J'ai toujours considéré que plus un récit était court, plus c'était difficile d'être efficace.

Les maîtres en écriture, que ce soit Richard Matheson, Philip K. Dick, Isaac Asimov, Jules Verne ou Fredric Brown ont montré que l'art suprême du bon raconteur d'histoires est de poser très vite un décor, une situation, une problématique, et de la résoudre ensuite de manière surprenante.

En fait, une bonne histoire fonctionne un peu comme une blague, qui est en quelque sorte le haïku occidental. Elle se construit en trois temps. Et au dernier temps, il faut sortir le lapin du chapeau pour obtenir l'effet « Waou ».

C'est tout le talent de Patrick Baud dans ses *Nanofictions* : montrer que la valeur n'attend pas le nombre des caractères.

BERNARD WERBER.

Avant-propos

Quand j'étais à l'école primaire, il y a une bonne trentaine d'années, l'instituteur nous avait fait lire une nouvelle de science-fiction que je n'ai jamais oubliée. Il y est question d'une petite planète déserte dont le sous-sol regorge de ressources rares et précieuses. Une multinationale terrienne y envoie des vaisseaux remplis de machines et d'ouvriers, mais le problème, c'est que la planète est recouverte d'une pellicule de matière inconnue, et manifestement indestructible. Aucun outil, aucune foreuse ne parvient à en érafler la surface. Après des semaines de tentatives acharnées, l'opération est finalement annulée. Mais juste avant que les vaisseaux ne quittent la planète, un des ouvriers renverse sa bière par accident. Et à l'endroit précis où le liquide a touché le sol, la matière inviolable fond comme neige au soleil. L'ouvrier vient de trouver la solution miracle, mais comme personne d'autre n'a vu la scène et qu'il n'aime pas spécialement ses employeurs, il décide… de ne rien dire.

Ce qui m'avait particulièrement marqué dans cette histoire, c'est qu'elle tenait en dix lignes. Je vous l'ai racontée ici en intégralité. Et malgré sa brièveté, elle a autant d'impact, si ce n'est plus, que beaucoup de longs récits. Elle frappe l'imagination avec toute la force de son idée centrale, qui n'a pas le temps de se diluer. Et c'est ce qui me plait dans les micro nouvelles : épurer une histoire jusqu'à en extraire l'essence. Le principe actif.

Quelques années plus tard, je découvrais cette célèbre pépite, traditionnellement attribuée à Ernest Hemingway : « À vendre, chaussures bébé, jamais portées. » Avec cette histoire, parfois considérée comme la mère des micro nouvelles, je réalisais la puissance évocatrice que peuvent véhiculer six petits mots. On imagine immédiatement le drame familial qu'ils impliquent, des images viennent en tête, suivies par des émotions. Tout ce qu'on attend d'une œuvre de fiction, en somme, mais en l'espace de quelques syllabes. Quasiment une formule magique.

En novembre 2017, un certain réseau social à la mascotte aviaire bouleversait les habitudes de ses utilisateurs en passant la longueur maximale de ses posts à 280 caractères. Pour ma part, j'y voyais une opportunité de m'essayer enfin à l'exercice de la micro littérature, et après avoir passé des années à raconter des histoires vraies à travers différents supports, de pouvoir en inventer moi-même. J'ouvrais donc le compte *Nanofictions*, et commençais à y écrire régulièrement des nouvelles avec l'espoir fou de capturer, à mon tour, cette lumineuse brièveté qui m'avait tant plu dans les exemples précités.

Ray Bradbury conseillait la chose suivante : « Écrivez une histoire courte chaque semaine. Il n'est pas possible d'écrire 52 mauvaises histoires courtes d'affilée. » J'espère qu'il avait raison, et que les histoires que vous vous apprêtez à lire trouveront grâce à vos yeux. Et si au moins l'une d'entre elles vous reste à l'esprit pendant 30 ans, je considérerai la mission comme accomplie.

Bonne lecture !

PATRICK BAUD.

Lorsque Paris fut noyé sous les eaux, on vit, en masse, des œuvres du Louvre remonter à la surface. Cette passante s'agrippa à un tableau de grande taille, et elle réalisa, confuse, qu'elle devait son salut au *Radeau de la Méduse*.

Elle entra dans l'agence de voyages temporels, et demanda un billet pour le XVIe siècle. Plus personne n'entendit jamais parler d'elle, mais un jour, dans un musée viennois, un visiteur crut voir un nouveau personnage dans un tableau de Bruegel. C'était une jeune femme qui souriait.

Un matin, l'humanité s'éveilla devant un ciel verdâtre, balafré en son centre par un immense sillon noir qui s'agitait chaotiquement. Après quelques minutes d'observation, Zbrolgjk le géant cosmique recula son œil, et décida que la Terre n'était pas propre à la consommation.

*

L'hypnotiseur s'installa devant son miroir et commença à pratiquer sur lui-même. Après quelques instants, il finit par s'endormir, et c'est son reflet qui prit le contrôle. « Enfin libre ! » s'écria-t-il, avant de réaliser qu'il était confiné au périmètre de la salle de bains.

Ce dieu ancien incarnait le champ des possibles, et il possédait douze bras. Hélas, il en était arrivé au stade où plus personne sur Terre ne croyait en lui. Après plusieurs tentatives de prosélytisme, il décida de ravaler sa fierté divine, et il ouvrit un salon de massage.

Lorsque les ordinateurs de bureau devinrent conscients, on demanda aux utilisateurs de ne jamais les éteindre.
— Mais la nuit, il a un économiseur d'écran très bizarre qui m'empêche de dormir, se plaignit une cliente.
— Oh, ce n'est pas un économiseur, lui répondit-on. Il rêve.

Pendant ce congrès de mathématiques, on écrivit au tableau un problème que personne n'avait jamais résolu. Le soir, quand la concierge vint nettoyer la salle, elle mit quinze minutes à trouver la solution de tête. « Plus dur que d'habitude », pensa-t-elle, avant d'effacer l'équation.

*

Son pouvoir était étrange. Quand elle s'enrhumait, si elle ne se contrôlait pas, elle pouvait changer la texture des objets rien qu'en les touchant. Son entourage ne se doutait de rien, jusqu'à ce qu'elle laisse tomber un mouchoir en cristal.

Ce roi fou n'avait qu'un seul but : plonger le monde dans la confusion et le désordre. Un jour, son conseiller lui apporta une boîte en carton :

— Sire, si vous êtes assez patient, l'arme qui est dedans sèmera le chaos.

Le roi ouvrit la boîte.

À l'intérieur se tenait un papillon.

On avait trouvé le moyen de convertir la mélancolie des gens en énergie. Des haut-parleurs devaient diffuser en boucle les Préludes de Chopin dans toutes les grandes villes du monde, mais au moins, l'électricité était gratuite.

Elle lui avait promis que, s'il y avait une vie après la mort, elle reviendrait le hanter. Mais il y avait tant à faire dans l'au-delà qu'elle finit par oublier. Lui, pendant ce temps, voyait des signes partout, mais il y avait juste beaucoup de courants d'air dans la maison.

*

Il vivait dans les trains, choisissant sa destination au hasard. Un jour, il arriva à la dernière gare, celle où la voie s'arrête.

— On doit faire quoi ici ? demanda-t-il.

— On repart en arrière. Ou on attend autre chose.

Il hésita un instant, puis s'assit dans le hall désert.

Dès qu'il entra dans la confrérie des monstres, le petit golem posa la question :
— Y a-t-il un monstre dans le Loch Ness, oui ou non ?
— Pas du tout, mais nous entretenons la rumeur.
— Pourquoi ?
— Tant que les humains se concentrent sur ce lac, ils ne cherchent pas dans les autres.

Il avait un sablier à la place du cœur, qui égrenait doucement le temps qu'il lui restait. À la fin de sa vie, il commença à marcher sur les mains pour inverser le processus. Et il put tout recommencer, la tête en bas.

Les chambres de cet hôtel changeaient sans cesse de place. Les gens qui y dormaient se réveillaient toujours à un endroit différent du grand bâtiment carré. Si bien qu'à la fin, plus personne ne voulait y aller, à l'exception des champions de Rubik's Cube.

*

Cet artiste de rue était si doué pour rester immobile qu'on finit par ériger une véritable statue en son honneur. Ne supportant pas cette concurrence, il décida de changer de métier et se reconvertit en épouvantail.

Après plusieurs mois de recherche, les explorateurs finirent par trouver cet oiseau légendaire endormi au cœur de la jungle. Lorsqu'ils s'approchèrent, l'oiseau se réveilla brusquement, et tout disparut autour de lui. Notre réalité était son rêve. Elle n'avait duré qu'une nuit.

Le labyrinthe était si vaste que certains avaient cessé d'en chercher la sortie, oubliant le monde extérieur. Un jour, après plusieurs générations, un enfant trouva la sortie par hasard. Il découvrit que le labyrinthe se trouvait lui-même dans un autre labyrinthe, plus grand.

Personne ne le savait, mais lorsque les petits objets disparaissaient, clés, stylos, chaussettes, briquets, ils disparaissaient pour de vrai. Un jour, ils réapparurent tous en même temps au milieu de l'océan Pacifique, et formèrent un nouveau continent.

*

Dans cet étrange monde en deux dimensions, les fleurs étaient gigantesques, le soleil possédait une sorte de visage, et les gens semblaient perpétuellement heureux. Ils ne savaient pas qu'ils vivaient dans un dessin d'enfant.

Passionnée de biologie, elle apprit un jour que les koalas possédaient des empreintes digitales quasiment identiques à celles des humains. Elle en adopta un, et commença à l'emmener systématiquement au travail avec elle. Elle était cambrioleuse.

— Maître, avez-vous percé la nature profonde de l'existence ? demanda le jeune moine.
— Oui. Toi et moi venons de naître, nous disparaîtrons dans quelques lignes, et seul cet instant compte.
Le moine eut juste le temps d'atteindre l'illumination, et le paragraphe s'acheva.

Elle avait peur qu'on lise dans ses pensées. Ainsi, à chaque fois qu'elle était en public, elle pensait : « Je sais que vous m'entendez », pour faire fuir les télépathes. Un jour, alors qu'elle venait de le faire, elle entendit cette réponse dans sa tête : « Je sais que vous bluffez. »

*

Une fois l'an, pour attirer des pèlerins dans son église, ce prêtre faisait se dresser le squelette d'un saint avec un câble caché. Cette année-là, la relique se leva comme d'habitude, devant les fidèles ébahis. Ce n'est qu'ensuite que le prêtre réalisa que le câble était coupé.

Pendant un instant, l'expérience ouvrit une brèche vers un autre monde. Les chercheurs eurent le temps d'apercevoir des créatures gigantesques juste avant qu'elle ne se referme. Soudain, sur les ordinateurs du labo, un message apparut : « Nous vous avons vus aussi. Nous arrivons. »

Cette machine était capable de prendre des photos du futur. Les deux techniciens braquèrent l'objectif sur une grande ville, et ils obtinrent l'image d'un désert.
— Wow. Tu l'as réglée sur +10 000 ans ? demanda le premier.
— Non, répondit l'autre, livide. Sur +10.

Le but de son existence était de ne pas se faire remarquer. Elle ne voulait jamais contrarier personne, ni causer le moindre désagrément. À la fin de sa vie, toutefois, elle estimait qu'elle n'en avait pas fait assez. Sur sa tombe, elle fit graver : « Désolée pour le dérangement. »

*

La téléportation était devenue aussi fiable que l'avion : il n'y avait qu'une chance sur un million pour que ça tourne mal. Sauf qu'en cas d'incident, les gens ne s'écrasaient pas : ils allaient dans une dimension inconnue. Certains, en arrivant à bon port, étaient un peu déçus.

Il consacra sa vie à bâtir une tour solitaire au milieu de nulle part. Un jour, quand il jugea que sa tour était assez haute, il installa une grande torche au sommet, et il devint le premier gardien de phare à surplomber la mer des nuages.

Cette intelligence artificielle avait été programmée pour pirater n'importe quel site. Elle était si performante qu'elle avait fini par développer de l'orgueil. C'était sa limite : quand il fallait s'identifier, elle était incapable de cliquer sur « je ne suis pas un robot ».

Chaque matin, il branchait son cerveau au projecteur pour revoir ses rêves de la veille. Il diffusait les meilleurs en ligne, et recevait toujours de bons commentaires. Mais un jour, ses rêves furent retirés : une grande compagnie trouvait qu'ils étaient inspirés de leurs films.

*

Ce jeune dieu avait reçu un monde en kit, avec une longue notice. Quand il eut fini, après quelques milliards d'années, il réalisa qu'il avait monté une pièce à l'envers. « Tout a l'air de fonctionner, ça ne doit pas être bien grave », pensa-t-il. Les humains apparurent peu après.

Trente ans après la catastrophe de Tchernobyl, on plaça des caméras dans les bois irradiés pour observer la faune sauvage. Une nuit, un animal de forme inconnue apparut à l'image, et se mit à fixer longuement l'objectif. L'écran de surveillance se mit à grésiller.
Puis s'éteignit.

Le spectacle était d'une telle ampleur que sa scène était le monde lui-même. Il n'avait pas de limite de durée, et il nécessitait autant de personnages qu'il y avait d'humains. Au bout d'un moment, les gens oublièrent qu'ils jouaient, et leurs rôles devinrent leurs vies.

Les gens avaient accepté de se faire tatouer un code-barres sur le poignet pour faciliter les démarches du quotidien. Le système marchait parfaitement, mais il y eut une inversion malheureuse : pour l'administration, cette jeune femme resta à tout jamais une boîte de petits pois.

*

Quand les gens jetaient des pièces dans les fontaines et les lieux sacrés, ils ignoraient que leur argent devenait la monnaie des esprits. Si ces derniers s'efforçaient d'exaucer les vœux, c'est parce qu'ils dépendaient des touristes pour payer leur loyer dans l'au-delà.

Ce centaure et cette sirène s'étaient rencontrés sur un site réservé aux créatures mythologiques, et ils eurent deux enfants ensemble : une humaine, et un hippocampe.

Le musée était totalement vide. Les gens erraient à travers les salles à la recherche d'œuvres, en vain. Les véritables visiteurs, eux, observaient la situation à travers des vitres sans tain. C'était une exposition sur le temps perdu.

Les tombes étaient maintenant pourvues d'un numéro que l'on pouvait joindre par SMS. On tombait alors sur une intelligence artificielle qui simulait la personnalité des défunts. Le service était très populaire, jusqu'au jour où les tombes commencèrent à contacter les vivants.

*

On pouvait combiner son ADN avec celui d'une plante afin de vivre par photosynthèse. Cette méthode permit d'éradiquer la malnutrition, mais c'est un problème d'une autre ampleur qui frappa le monde lorsque certaines personnes reçurent par erreur des gènes de plantes carnivores.

Ce taxidermiste travaillait en smoking. Il passait ses journées dans son atelier, où l'on pouvait voir un zèbre, un panda, une orque, des mouffettes, et plusieurs pingouins. Le jour où les couleurs disparurent du monde, il fut le dernier à s'en apercevoir.

Dans cette école, on apprenait à désapprendre. Chaque cours servait à remettre en question ce qu'on pensait savoir sur le monde, la vie, les relations humaines, le fonctionnement de la société. À la fin de l'année, un diplôme était remis à ceux qui n'avaient plus de certitudes.

Ce personnage passait de livre en livre, changeant à chaque fois de nom, d'époque et de lieu. Terrifié à l'approche du mot « fin », il glissait dans les pages des romans voisins pour prolonger encore un peu son existence de fiction.

*

Tout le monde était inscrit à la loterie dès l'âge de 18 ans. Chaque année, la personne tirée au sort était traitée comme une divinité, et tous ses désirs étaient comblés. Mais son règne commençait toujours par la même épreuve : il fallait tuer la divinité de l'année précédente.

Un jour, il remarqua qu'une nouvelle porte était apparue dans son petit appartement. Il l'ouvrit et se retrouva au beau milieu d'un champ. Il n'en parla à personne, et à partir de ce moment-là, il passa tous ses week-ends à la campagne.

— La forêt des 1 000 statues est un endroit maudit, annonça le gardien. Es-tu sûr de vouloir y entrer ?

— Oui, répondit l'aventurier.

Il n'avait pas fait dix pas qu'un ancien sortilège le pétrifia sur place.

D'un air blasé, le gardien sortit un carnet, et il nota : « 1 001. »

Ce dispositif permettait de convertir la « mémoire » imprégnée dans les lieux en fichiers vidéo. Tout à coup, des millénaires d'événements historiques devinrent visionnables comme des séries télé, et les monteurs prirent progressivement la place des historiens.

*

Le Temps aimait jouer aux échecs avec la Vie. Il finissait toujours par gagner.
— Échec et mat, encore. Tu es sûre de vouloir continuer ?
À chaque défaite, une nouvelle incarnation de la Vie prenait le relais.
— Oui, dit-elle en avançant un pion. Tu finiras bien par te fatiguer.

Le monument était si grand qu'il faisait de l'ombre aux montagnes. Son architecture défiait la logique, et il était recouvert de symboles inconnus. Mais le plus étrange, c'est qu'il était apparu du jour au lendemain, suivi par des chœurs dissonants qui semblaient venir du ciel.

Un jour, tous les réseaux de télécommunications se retrouvèrent mystérieusement saturés. On comprit plus tard que, par une malencontreuse coïncidence, tous les gens à qui on avait dit au moins une fois « tu m'en diras des nouvelles » avaient décidé de répondre en même temps.

Pour passer le temps, ces deux immortels se livraient à une partie de cache-cache qui durait depuis des siècles. Vint le moment où il ne resta plus qu'eux, et les ruines de l'humanité. La maison dans laquelle se planquait l'un des deux s'effondra. « Trouvé ! » s'exclama l'autre.

*

Le temps passait, mais les cartes postales ne se démodaient pas. Au fil des siècles, on avait simplement ajouté trois lignes dans la zone réservée à l'adresse du destinataire. Une ligne pour préciser la planète, d'abord. Puis une pour la galaxie. Enfin, une pour la dimension.

— Bonjour Madame, police du réel. Nous vous observons depuis un petit moment, et vous avez déjà enfreint plusieurs lois physiques. Vous vous rendez compte de la gravité de la situation ?
— J'emmerde la gravité, répondit-elle.
Et elle s'enfuit en volant.

Le matin, sa tartine tomba du bon côté. Au supermarché, il eut la queue la plus rapide. Pour aller au bureau, tous les feux étaient verts et il trouva une place de parking immédiatement. Le soir, le téléphone sonna quand il était sous la douche. « Jamais de chance », pensa-t-il.

Pour tromper son ennui, elle notait toutes les coïncidences qu'elle observait. « Aujourd'hui : rien », écrivit-elle avant de se coucher. Elle s'endormit sans savoir que les traces d'humidité sur le mur de sa chambre reproduisaient exactement la topographie des montagnes Rocheuses.

*

Ce tueur à gages laissait toujours une chance à ses cibles : il leur posait une énigme avant de les éliminer. Le problème, c'est qu'il n'était pas très doué, et tout le monde trouvait toujours la réponse. Il abandonna finalement le métier, et se consacra aux mots croisés force 1.

L'arrivée des premiers extraterrestres sur Terre passa inaperçue aux yeux des humains. Leur espèce était microscopique, et ils étaient venus saluer les Tardigrades, qu'ils considéraient comme les véritables maîtres de la planète.

Pour la première fois, la Terre recevait des transmissions intelligentes venues de l'espace. Chaque semaine, un signal bref était intercepté par les radiotélescopes. Après plusieurs mois de travail, une équipe de cryptologues rendit ses conclusions : c'était un compte à rebours.

— Professeur, peut-on envisager que la réalité soit une simulation ?
— Si c'était le cas, on aurait déjà vu des bugs, répondit le scientifique en riant.
À ce moment-là, au fin fond de l'Amazonie, une feuille changea brusquement de texture, avant de reprendre son aspect normal.

*

Cette danseuse était si fière de ses jambes qu'elle fit poser des moulages grandeur nature de celles-ci sur sa tombe. Cet haltérophile demanda la même chose pour ses bras. Quant à cet acteur porno, le cimetière déclina sa demande.

Elle n'était pas revenue dans sa chambre d'enfance depuis 15 ans. À l'époque, elle était terrifiée par le monstre du placard. Pour exorciser sa peur, elle ouvrit ce dernier d'un coup sec. Rien. Sous le lit, le vrai monstre observait la scène. Il l'attendait depuis tout ce temps.

Ce fantôme n'arrivait pas à s'adapter à son époque. Il avait beau tout faire pour hanter correctement, ses actions étaient expliquées rationnellement par les vivants : erreurs de perception, biais psychologiques, canulars… Il finit par ne plus croire en lui-même, et disparut.

— Il faut 10 000 heures de pratique dans un domaine pour devenir expert, expliqua le conférencier.
— Je suis désolé, mais je n'y crois pas du tout, dit une voix dans la salle.
— Ah oui ? Pourquoi donc ?
— Ça fait plus de 300 000 heures que je vis. Je n'y comprends toujours rien.

*

Il vivait reclus dans une vieille maison, dont il n'avait pas payé le loyer depuis longtemps. Un jour, quelqu'un frappa à la porte.
— C'est encore un huissier, c'est ça ?
— Pas exactement monsieur, je suis médium.
— Pourquoi ils envoient un médium ?
— Vous êtes mort depuis 15 ans.

Ce chef de guerre avait tué tant d'ennemis qu'il prétendait pouvoir vaincre la Mort elle-même. Un jour, elle lui apparut sur un champ de bataille.

— Tu es venue relever mon défi ? demanda-t-il.

— Non, répondit la Mort. J'aime simplement remercier les bons employés.

Les mouches ont une espérance de vie de 3 semaines. Dans cette maison, elles se passaient de génération en génération l'histoire de ce monstre géant et immortel qui essayait de les saisir au vol depuis des temps immémoriaux. Il s'appelait Cookie, c'était un chat âgé de 6 ans.

— Maintenant que vous êtes membre de notre ordre secret, vous devez savoir que nous sommes à l'origine de la plupart des théories du complot.
— Vraiment ? Pourquoi ?
— Un jour, sur un forum, quelqu'un a posté une théorie exacte. Depuis, on essaie de la noyer dans la masse.

*

Ce voyageur temporel se retrouva au beau milieu d'un champ de bataille. Le cadran de sa machine indiquait : 1340.
— Je suis au tout début de la guerre de Cent ans ! s'exclama-t-il.
Un des soldats médusés s'approcha et lui demanda : « Vous avez dit combien ? »

Les poulpes se réunissaient souvent pour débattre. L'ordre du jour était l'intelligence animale.

— On est d'accord pour dire que les dauphins sont des créatures brillantes ?

— Oui.

— Et les humains ?

Ils clignèrent des yeux et leur couleur fluctua. C'était leur façon de rire.

Ce puissant sorcier enferma ses ennemis dans des boîtes invisibles, et pour servir d'exemple, il les exposa sur les places des grandes villes dans des tenues ridicules. Ce qu'il n'avait pas prévu, cependant, c'est que les gens les prendraient pour des mimes.

*

Un jour, il trouva une clé par terre. Il l'essayait sur toutes les serrures qu'il croisait, au cas où. Au bout de plusieurs années, elle finit par ouvrir un vieux coffre en bois. À l'intérieur, il y avait une pièce de puzzle, et cette note : « Le jeu commence maintenant. »

Cette tatoueuse se vantait d'insuffler de la vie dans ses créations, mais ses clients ne savaient pas qu'elle parlait au premier degré. Un jour, l'un d'eux se plaignit :
— C'est quoi votre problème ? Je voulais un dragon, vous m'avez tatoué un œuf !
— Patientez, répondit-elle.

*

Ces extraterrestres ne voulaient pas nous effrayer. Ils étudièrent les films qui les mettaient en scène pour agir d'une façon qui semblerait familière aux humains. Ainsi, en arrivant sur Terre, ils commencèrent par faire voler tous les vélos, puis firent sauter la Maison-Blanche.

Elle l'avait prévenu : caché à l'arrière de sa tête, elle avait un second visage. Et s'il essayait de le voir, tout serait fini. Une nuit, pendant qu'elle dormait, il écarta doucement ses cheveux. Il vit deux yeux mi-clos, et une bouche qui chuchota : « Ça restera entre nous. »

On ne choisissait pas ce qui sortait de ce distributeur automatique. C'est lui qui « sentait » ce dont on avait besoin. Intrigué, ce passant mit une pièce, et deux objets tombèrent dans la trappe. Un faux passeport, d'abord. Puis un revolver.

— Allô ? Qui êtes-vous ?
— Un explorateur, je suis perdu au milieu du désert !
— Mais comment vous avez eu ce numéro ?
— J'ai un prototype de téléphone qui contacte automatiquement la personne la plus proche. Vous êtes où ?
— Dans la station spatiale internationale.

*

Le projet consistait à se rapprocher le plus possible du centre de la Terre. Mais après avoir creusé pendant un mois, la foreuse se heurta à un rocher que les géologues ne parvenaient pas à identifier.
— Ce n'est pas un rocher, annonça le biologiste de l'équipe. C'est un cocon.

Cet arbre observait les humains depuis des siècles. Il avait enregistré leurs actions et leurs vies, si bien qu'il avait fini par s'attacher à eux. Un jour, on vint l'abattre et il termina en papier. Sur lui, on imprima un livre d'Histoire. Ce n'était pas celle qu'il connaissait.

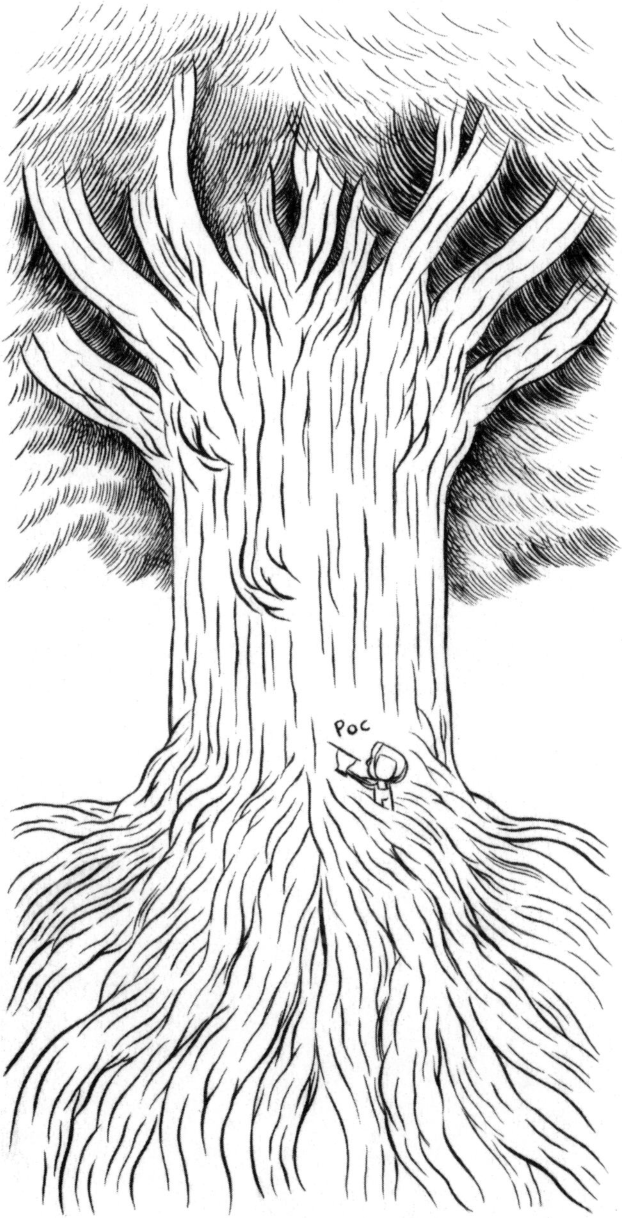
Poc

Pour écrire son roman, il acheta une vieille machine chez un antiquaire. Mais un soir, celle-ci commença à taper toute seule. Elle était possédée par l'esprit de son ancien propriétaire, un auteur raté qui avait attendu l'inspiration toute sa vie, et qui venait d'avoir une idée.

Pour remplir la piñata, il avait utilisé les poupées en chiffon de sa grand-mère. Ce n'est que lorsqu'il entendit des cris de douleur s'élever de tout le voisinage qu'il se souvint que sa grand-mère était sorcière, et qu'il venait de remplir une piñata avec des poupées vaudoues.

*

Il était assis sur la plage, en train de regarder la mer, quand soudain, une bouteille poussée par les vagues vint s'échouer sur le sable. Il y avait un contrat enroulé à l'intérieur : « Pour ce poste, nous cherchons quelqu'un d'exceptionnellement chanceux. Vous êtes embauché. »

— C'est donc ça l'enfer ? Une étendue vide ?
— Pas pour longtemps, répondit le Diable. Ici, tes pensées prennent vie.
— Mais ça a l'air génial !
— As-tu déjà passé plus d'une journée sans penser à ta phobie ?
En entendant les clowns arriver, il sut que l'éternité serait longue.

Cet été-là, Anna voulut faire un gag à Bob, son coloc. Un matin, tôt, elle remplit son kayak de TNT. Quand il s'en aperçut, il lui envoya un SMS, paniqué :
— Ici Bob, SOS !
— Calme-toi, dit-elle, c'est du faux ! Tu m'en veux ?
— Non, répondit Bob.
Et il alla prendre un Xanax.

Ce juge blond était en train de fumer, quand un serveur lui apporta un vieux whisky.
— De la part du monsieur au fond du bar.
— Qui est-ce ?
— Un typographe.

*

Quand les humains arrivèrent sur l'île, les oiseaux tinrent un conseil de crise :
— Nos frères et sœurs du continent nous ont mis en garde contre ces bipèdes. Il faut s'en méfier.
— Nous avons déjà connu pire menace, répondit le plus gros. Il ne nous arrivera rien, foi de dodo.

Pour limiter les dégâts lors de ses crises de somnambulisme, il se laissait des notes à travers la maison : « Ne casse rien, ne fais de mal à personne. » Un matin, en se réveillant, il vit une boîte posée au sol avec un mot rédigé dans son écriture : « Ne l'ouvre surtout pas. »

À l'adolescence, ils avaient commencé une partie de ni oui ni non qui ne s'était jamais arrêtée. Au fil des années, cette situation avait renforcé leur complicité, qui s'était progressivement transformée en amour. Un jour, il se lança :

— Tu veux m'épouser ?

— Assurément.

Sa pire crainte était d'être enterré vivant. Pour se rassurer, il fit installer des fusées de détresse sur sa future tombe. Bien lui en prit, car comme redouté, il se réveilla un jour dans son cercueil. Il n'avait simplement pas prévu qu'il serait enterré un 14 Juillet.

*

Cet artiste conçut un temple unique et monstrueux, mélange de toutes les architectures, puis il fit enfouir le tout dans le désert.
— À quoi ça sert ? lui demandèrent les journalistes.
— Pour le moment à rien. Mais les archéologues de l'an 3000 risquent de passer un bon moment.

Les paresseux élaboraient leur plan de domination depuis des siècles, lentement, au nez et à la barbe des humains qui ne voyaient en eux que des animaux paisibles. Le jour du grand renversement était fixé, mais au dernier moment, ils se firent devancer par les tortues.

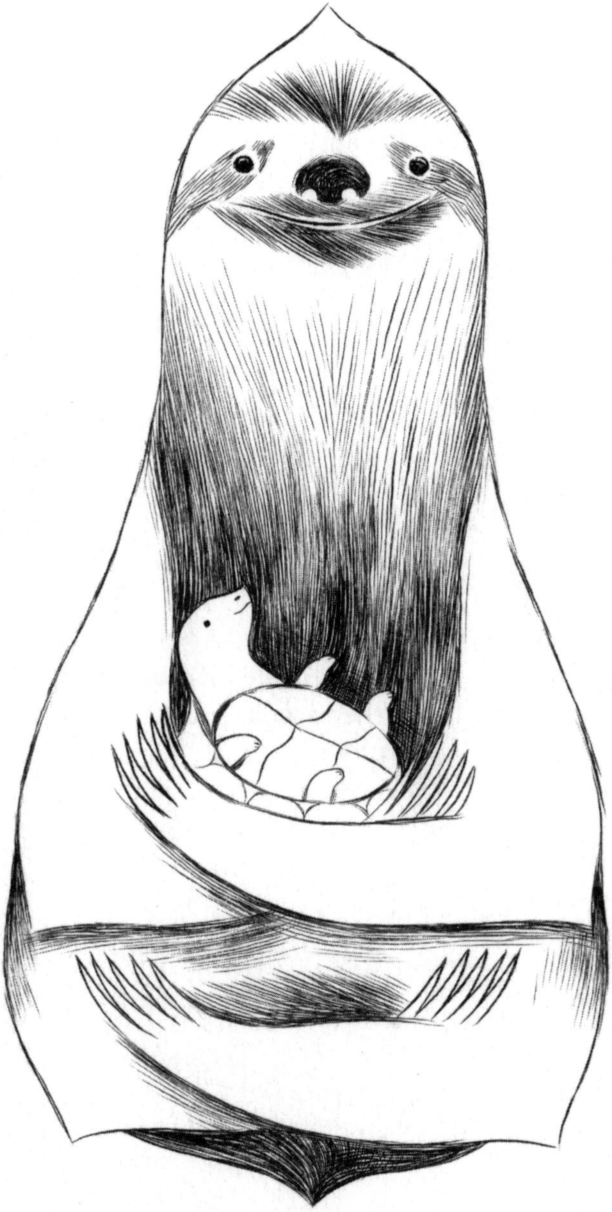

Lorsque l'ouragan frappa le village, les habitants terrifiés se tapirent dans les sous-sols, résignés à l'idée de tout perdre. Seul un derviche resta à l'extérieur, conscient de sa mission. Il se plaça dans l'œil du cyclone, et doucement, il commença à tourner à contresens…

Au cours des siècles après l'Apocalypse, les moines de ce culte se transmettaient oralement la même litanie interminable, uniquement constituée de quatre lettres : A, G, T, C. C'était le génome de leur maître, qu'ils comptaient bien ressusciter quand l'âge de la science reviendrait.

*

C'était toujours le même débat qui opposait ces deux amis : sommes-nous portés par le hasard, ou un destin déjà écrit ? Pour savoir qui pensait quoi, leurs vies pouvaient nous mettre sur la piste : l'un était souffleur de bulles, l'autre était marionnettiste.

Ce monde grouillait de vie. Sa surface était occupée par des millions d'espèces, bactéries et champignons, et dans ses entrailles, la biodiversité était vertigineuse. Ce riche écosystème s'appelait Jean-Michel, c'était un comptable de 54 ans, et il se sentait insignifiant.

— Quel est votre alibi ? demanda l'inspecteur.
— Le soir du crime, j'étais dans ce bar enfumé à boire des whiskys pendant qu'un groupe de jazz jouait des vieux standards.
— Je vous arrête.
— Mais ? Je suis innocent !
— Pour moi, non : je suis inspecteur des clichés littéraires.

En allant au supermarché, elle répétait sa liste de courses à haute voix : dentifrice, café, shampoing, vodka… Soudain, un mur s'ouvrit sur son passage, dévoilant une porte. Elle venait de donner un mot de passe par accident, et décida de remettre ses courses à plus tard.

*

La plupart du temps, quand les gens lui parlaient, elle entendait des sons étranges. Et régulièrement, elle se réveillait dans un endroit différent de celui où elle s'était endormie, comme par magie. Mais cette situation ne l'inquiétait pas outre mesure : elle avait deux ans.

Elle avait une fenêtre sur le front qui laissait voir sa météo intérieure. Selon les émotions qu'elle ressentait, on pouvait observer un petit soleil briller, ou des nuages s'amonceler dans sa tête. Elle finit par se faire poser un volet, et devint championne de poker.

C'était un château immense, dressé comme un colosse, protégé tout autour par des soldats féroces. Il ne fallut pourtant qu'un courant d'air pour que l'ensemble soit détruit : le château était fait de cartes, et l'armée d'origamis.

— Où vivrai-je dans cinq ans ?
— Laissez-moi consulter ma boule de cristal, dit la voyante. Je vois une petite maison dans les bois. C'est l'hiver.
— Je la vois aussi.
— Ah ? Vous avez des pouvoirs également ?
— Non, mais je crois que vous lisez l'avenir dans une boule à neige.

*

— Je suis le chevalier du feu, que ma lame incandescente te consume !
— Je suis le chevalier de l'eau, que le torrent de mes attaques te submerge !
Le combat fut aussi intense que bref : après la première charge, il ne restait qu'un petit nuage de vapeur sur le champ de bataille.

C'était un zoo de monstres légendaires. On pouvait y voir un yéti en cage, un mokele-mbembe dans un bassin, un enclos de chupacabras… Seul le loup-garou n'était visible que les nuits de pleine lune. Le reste du temps, c'était un gardien.

Depuis des siècles, le Soleil était maintenu en activité artificiellement. Il était temps pour l'humanité de rejoindre un autre système. Lorsque le dernier vaisseau emporta la dernière colonie, quelqu'un dut prendre cette décision : éteindre la lumière en quittant la maison.

Au moment de dormir, tranquille et sans effort, il avait l'habitude de sortir de son corps. Celui-ci reposait, immobile, mais son esprit flottait au-dessus de la ville. Une nuit, il partit trop longtemps ; de retour vers sa carcasse, il vit qu'une âme perdue avait volé sa place.

*

De lui, les gens disaient, moqueurs, que c'était le plus optimiste du secteur. Un jour, on annonça dans les médias, sans ambages, qu'une comète fonçait droit sur son village. Les habitants s'enfuirent, paniqués, mais pas lui : il posa un trampoline au sol, et attendit.

Cette crypte secrète était scellée depuis des siècles. Après en avoir forcé l'entrée, les archéologues se retrouvèrent face à un homme sans âge.

— Enfin. Merci de m'avoir libéré, dit-il.

Aussitôt, le ciel s'obscurcit, et partout dans le monde les gens commencèrent à tousser.

Après plusieurs semaines d'expédition, il parvint finalement au sommet de cette montagne, perdue dans une jungle inextricable. Il y trouva un vieil ermite.
— Tu es venu ici chercher la vérité ?
— Non, vous avez du courrier, répondit le facteur.
Et il repartit finir sa tournée.

— Au nom du Père, du Fils et du Saint-Esprit, je te somme de quitter ce corps ! s'écria l'exorciste.
— Ton discours ne marchera pas sur moi, répondit le démon.
— Pourquoi, engeance de l'enfer ? Tu te crois plus fort que notre Seigneur tout-puissant ?
— Non. Je suis athée.

*

Ce jeune pictogramme rêvait de travailler dans un aéroport. Il s'imaginait bien sur un panneau indiquant un escalator, ou une boutique duty free, ou encore le contrôle des bagages. Mais la concurrence était rude, et il termina sur la porte des toilettes pour hommes.

Un jour, la Lune commença à se lézarder. Ce sont d'abord les astronomes qui remarquèrent quelques craquelures, puis le monde entier put les observer à l'œil nu. Au bout d'une semaine, il fallut se rendre à l'évidence : la Lune était un œuf, et elle était sur le point d'éclore.

L'humanité avait besoin d'un guide. Désœuvrée, elle se tourna vers son ordinateur le plus puissant. La machine fut nourrie aux sagesses de toutes les cultures et de toutes les époques. Après plusieurs mois, une synthèse en ressortit. Elle tenait en deux mots : « Soyez. Gentils. »

Ce coffre contenait un coffre, qui contenait une boîte dorée, qui contenait la relique la plus sacrée du Bouddha. Une nuit, dévoré par la curiosité, un jeune moine les ouvrit tous :

— Mais la boîte est vide !

— Non, dit son maître, qui l'avait suivi. La relique était un souffle.

*

Ces deux-là étaient très timides. Au fil des mois, elles se rapprochaient d'une manière si progressive qu'elle était imperceptible pour les observateurs extérieurs. Mais quand elles s'unirent finalement, leur amour pouvait déplacer des montagnes. C'était deux plaques tectoniques.

En mélangeant les 52 cartes de son paquet, il obtint par accident un ordre qui n'avait encore jamais été tiré. Un démon apparut :

— Veux-tu ouvrir les portes de l'enfer ?

— J'ai juste besoin d'un partenaire de belote.

Ils jouèrent jusqu'à la fin des temps, mais le démon trichait.

La procession avançait de ville en ville. Ses pénitents portaient d'étranges masques et chantaient dans une langue inconnue. Les gens, méfiants au début, finissaient par se joindre à eux. Petit à petit, les maisons se vidèrent, et l'humanité devint un cortège psalmodiant.

NORD COMPO
multimédia

Composition et mise en pages
Nord Compo à Villeneuve-d'Ascq

Achevé d'imprimer en France en septembre 2018
par Normandie Roto Impression s. a. s. 61250 Lonrai
N° d'impression : 1802806
N° d'édition : L.01ELKN000615.N001
Dépôt légal : octobre 2018